KB079810

BOOK **REVIEW**

"The aquarium on the alien planet 'Vega 18' presents the friendship between Minwoo and the beautiful sea dragon 'Blue' in a crisp and whimsical style. After Earth succumbs to environmental devastation and ecosystem collapse, humanity migrates to Vega 18. However, challenges from human-focused development persist. From the imagination of a 14-year-old girl, this novel emerges as a remarkable piece, serving as a warning and evoking a sense of urgency about the future crises. Yet, through this vibrant and heartwarming work, can we not envision a brighter, hopeful future?"

By Soop Park, Author of 〈세상 끝에서 부르는 노래〉

서 평

"외계 행성 '베가 18'의 아쿠아리움, 그곳에서 만난 민우와 아름다운 수룡 '블루'와 의 우정을 깔끔하고 환상적인 문체로 선사한다. 환경오염과 생태계 파괴로 지구가 멸망한 뒤, 인류는 외계 행성으로 이주한다. 인간의 편리를 위한 발전이 지구의 파 멸을 불러왔지만, 또 다른 행성으로 이주한 인류는 같은 문제를 극복하지 못하고 영 원한 과제를 떠안게 된다.

14세 소녀의 상상에서 이루어진 이 소설은, 다가올 미래의 위기와 문제점들에 대 한 경각심과 함께 경고 메시지로 읽히는 놀라운 작품이다. 이토록 건강하고 따뜻 한 시선이 돋보이는 작품을 통해, 우리는 밝은 미래에 대한 희망을 꿈꿔볼 수 있 지 않을까."

박 숲 - 〈세상 끝에서 부르는 노래〉 작가

···· Written by **Yeseong Shin** ····

A girl born in 2009 who savors the space between science
and literature. Always accompanied by the rock metal of
the 80s and 90s.

···· 작가 **신예성** ····

과학과 문학 사이를 향유하는 것을 좋아하는 2009년생 소녀.
80-90년대 락메탈과 늘 함께한다.

···· Edited by **Ludia Lee** ····

Since graduating from Washington University in St. Louis, USA,
Ludia Lee has been teaching English in Korea. She also works as
a freelance English voice actress and writes picture books,
including 'Flora and the Rainbow Flower.'
E-mail: ludiaeng@naver.com

···· 엮은이 **루디아 리** ····

루디아 리는 미국 세인트루이스 워싱턴 대학교를 졸업한 후, 한국에서
영어를 가르치고 있다. 프리랜서 영어 성우로도 활동하며,
'Flora and the Rainbow Flower'를 포함한 영어 동화책을 쓴다.
이메일: ludiaeng@naver.com

Home of Blue

Written by Yeseong Shin

I could feel its gaze deep inside the sea. Although I couldn't see it, I could notice that it was here. At the sea, I meet my special friend that I cannot forget.

I got a job at a newly built aquarium after moving to Vega18. The aquarium drew attention from people living on other planets since its opening. The reason this aquarium on such a small planet with a small population became so popular was that it housed a creature that couldn't be seen anywhere else. People called it the "sea dragon," which only lived in the sea of Vega18. Tourists from faraway planets visit the aquarium to see this sea dragon. Even though hologram technology has advanced to the point where it's nearly indistinguishable from reality, people who have actually seen the sea dragon say that the holographic representation doesn't compare to the real thing.

A lot of people visited the aquarium after reading reviewsthat said, 'I could feel the sea,' or 'I could hear the voice of the sea dragon.' However, I haven't really had a chance to see the sea dragon, although I've been working at the aquarium for years. This is because I'm in charge of nighttime maintenance, including water quality and cleanliness, for the tanks housing common species.

Compared to other tanks, my responsibilities are fewer, leading to a lower wage. However, I'm not in a situation where I can weigh these considerations. I used to run a shop selling pet fish and aquarium supplies on the planet where I previously lived, but an asteroid collision destroyed most of the planet. I lost everything in an instant and moved to this planet called Vega18 with the sole intention of saving my life.

After relocating, I looked for job opportunities and was drawn to a vacancy for aquarium management staff. I had reservations about whether the business would be viable given the small size of the planet and its sparse population, but I applied without hesitation, seeing it as an opportunity to leverage my previous work experience.

Even though I gained some financial leeway, settling down on a new planet required more expenses than I had anticipated. Eventually, I began working part-time during the day before starting my night shift at the aquarium, which is when I became close with Mr. Anderson. Mr. Anderson was the night manager at the aquarium and was also in charge of the most popular exhibit, the Sea Dragon tank. He viewed me as a diligent and hardworking young man, providing me with significant help in settling down on the planet.

Mr. Anderson was in his late sixties, and I was similar in age to Anderson's son, so whenever he saw me, he thought of his son who was working on a neighboring planet and often brought me snacks. He also frequently discussed the Sea Dragon. He consistently referred to the Sea Dragon as a beautiful creature and had named one in the aquarium "Blue." He told me to greet it by that name should I ever encounter it. He even showed me a notebook in which he had recorded conversations with the Sea Dragon.

By the time I grew accustomed to sharing snacks with Mr. Anderson after work, he suddenly began to take time off due to a worsening chronic illness. I was quite heartbroken when Mr. Anderson, who was essentially my only friend in this foreign land, disappeared.

On his last day at work, Mr. Anderson left me his notebook. He told me he had recommended me as the manager of the Sea Dragon tank and asked that I take good care of it. Soon after, I was offered the position to manage the Sea Dragon tank, which I promptly accepted as I was always short on money. That's how my encounter with Blue began.

On my first day working at the sea dragon tank, I walked in carrying Mr. Anderson's notebook in one hand and the management log in the other. Though Mr. Anderson's notebook made the job manageable, there was one thing I needed to pay attention to. It was a request that Mr. Anderson had written in the notebook. A memo was attached to the record of his conversations with the sea dragon Blue.

It read, 'I hope you have a conversation with Blue after work, even just for short moment. It might feel lonely without me, who always used to do so. You'll feel what Blue wants to say when you stand in front of it. You might not understand now, but you'll get it when you try, so don't worry. Surprisingly, it seems to understand our language. If you want to say something, try to avoid abstract words as much as possible. Thank you for taking over my work.'

The sea dragon tank was much bigger than the tanks I used to manage, so work ended later than usual. After finishing the records of the aquarium log, I was about to leave the aquarium out of habit, but I recalled Mr. Anderson's memo. I still couldn't believe that I could talk with the sea dragon, but as Mr. Anderson requested, I turned around and went back to the aquarium.

I felt nervous as I saw the surface of the deep and wide tank. I called out the name of the Sea Dragon, Blue. After a short wait, Blue, who was resting at the bottom of the tank, appeared on the surface.

The moment I saw Blue for the first time, I realized why so many people came to see the sea dragon. Its long body, covered with smooth, navy scales, slowly cut through the water and moved forward. It was fascinating to see the hard, sharp scales that formed a curved body, which looked like a well-crafted piece of pottery. At the front of its body, it had a small, sharply shaped head with vertically elongated pupils in its large eyes.

At a glance, it looked like a reptile due to its scales and eyes, but the way it moved through the water also made it look like a bird. I stared at Blue's eyes for a long time, feeling overwhelmed. It was as if I was feeling the pressure of the water pressing my body.

While I stood still, watching at Blue near the water's surface, I heard something. It wasn't a clear voice, nor was it similar toany language from the solar system, but I felt its intended meaning. It seemed to correspond with what was written in Mr. Anderson's memo. If I were to translate the conveyed message into our language, it would be: "Where is Anderson?"

"He can't come here anymore. Mr. Anderson asked me to come on his behalf." I replied in a calm yet clear tone.

"What are you?"

I pondered how to introduce myself. Recalling that Blue called Anderson by his name, I thought it would be better to share my name.

"My name is Minwoo Kim. Anderson's friend."

"Minwoo Kim, Anderson's friend. I'm Anderson's friend, too. Are you my friend, too?"

"Yes, you can think of it that way."

Blue circled as if he was greeting, swinging

its head toward its tail. When Blue stopped circling, I asked, "What did you talk about with Anderson?"

"Many things. Stories of the sea, home, and friends," said Blue.

That being said, I remembered Anderson mentioning stories of the sea where Blue lived. I wasn't very good at storytelling, so I had been worried about having to tell Blue entertaining stories every day. But I felt relieved to find that most of our conversations were about everyday life and Blue's past.

While listening to Blue's stories shared with Anderson, I suddenly remembered that I needed to prepare for a new part-time job interview.

"I have a lot of things to do today, so I should go. I'll come back tomorrow."

"Goodbye, Minwoo Kim. See you tomorrow."

Blue mimicked human greetings, perhaps taught by Anderson. Its curiosity and quick learning made me think that it was similar to human children. I waved at the tank and walked away.

Once I got home, I went to sleep early. As I told Blue, I had a part-time job interview in the morning. The reason I applied for this job was that they provided a vehicle for company promotion.

The distance from my house to the aquarium was quite far, so I always commuted by bus. However, as the government promoted the expensive aerial taxi business, ground bus services had been reduced, making my commute several times more inconvenient. In this situation, being able to commute by car while also working was a huge advantage.

The next day, after an early morning interview,

I was told that I would be informed of my acceptance or rejection later in the day, so I continued to wait for the text message even after arriving at the aquarium. After completing the sea dragon tank inspection, I called out to Blue in front of its tank. Just then, my phone beeped. I checked the message and found out I had been accepted, exclaiming with joy.

"Something good happened?" Blue asked.

"Oh, I can use a car now. And I got a new job," I replied.

"A car?" Blue seemed not to understand and asked again.

"Umm... it's something we use when we have to travel long distances because walking is tough," I explained.

"Long distance? Is the sea far from here?" Blue asked.

"The sea?"

Its words reminded me that Blue's natural habitat was the sea. Although this tank was the biggest in the aquarium, it was infinitely small compared to the sea. The thought made me curious about how Blue might swim freely in the sea.

"I need to go to the sea," Blue said.

"Right... the sea... Do you want to see pictures of the sea?"

I asked, unable to tell it that it'd be able to go there someday.

Deep down in my mind, I had a vague idea that Blue might never go back to the sea. I searched for images of the sea on my phone and projected a hologram. The sight of the waving sea was so vivid it seemed real. Blue stared at the image of the sea for a while. What was he thinking? For me, the first thing that came to mind when thinking of home was Earth. I thought that Blue might feel about the sea as I feel about Earth.

I was one of the people who had stayed on Earth the longest. As Earth gradually became desolate and the interplanetary migration business developed, people left Earth, starting with the richest. Having had no family since childhood, Earth's nature was like family to me. Growing up in a government-run orphanage, the most familiar things to me were insects and the grass along the streets.

Long ago, it was said that there were more varied species. However, the Earth I lived on felt normal to me, so talks about global warming and extinction never really resonated with me.

Eventually, I became part of nearly the last generation to reside on Earth, but I still believe that Earth's nature, which was most familiar to me, is the most beautiful. Just as I miss my daily life on Earth from the old days, could Blue feel the same? I didn't have the courage to ask Blue what it thought. I couldn't release Blue back into the sea, and that made me feel guilty, as if I had imprisoned it.

Before I knew it, it was late and time for the last bus, so I said goodbye to Blue. Blue also said goodbye in a calm manner.

Afew days later, there was a change in the sea dragon tank. There were lines of new red species of corals on the bottom of the tank. They were different in colors and shapes from the ones in the tank so far.After checking, I asked Blue about the corals.

"Blue, have you seen those red corals?"

"No."

It was surprising that Blue hadn't seen them,

as I had thought they were the same corals from Blue's hometown. I was thinking that new corals should be added since the existing ones seemed dead for a while. But I was wondering why a new species of corals was added, not the ones from Blue's hometown.

After coming back home, I searched about the new red corals added to the tank. That species of coral grows in the southern sea of Vega18. Sea dragons mostly reside in the northern sea, so if Blue had lived in the north, it made sense that Blue hadn't seen those corals. While searching about the corals, one sentence caught my attention.

'This is the most widespread species of coral in the sea of Veag18 so far. It's hard to find corals in the northern sea due to the city's tourism development.'

There was an aquarium near the coastline

of the northern sea. I once heard from the news that there was a tourism development plan to gain more profits from tourists visiting the aquarium. I was glad when I heard the news, thinking it was a good development, but I hadn't considered the impact on the marine environment. Then, even if Blue returns to the sea, will it not see the sea as it once was? Thinking about that made me feel complicated. I felt a connection with Blue. Just as I might not see the same Earth if I were to return, Blue too had lost its home. I hoped that this planet, Blue's home, would not be further damaged.

After that, I worked my new part-time job during the day and continued my work at the aquarium in the evening, as usual. Talking with Blue after work became a part of my routine. We became close enough to call each other friends.

One day, I was about to check the tank as usual, but I was called to see the aquarium night manager for a notice.

"Minwoo, you're in charge of the sea dragon tank, right? There's something the aquarium wants to deliver to all the managers of the sea dragon tank."

"Ah, yes. But I only do basic checks. What's the matter?"

"The condition of the sea dragon has been bad significantly. It's been moving less and eating less recently, and today, it didn't even come out for display. We tried to figure out if there's anything wrong, but there's too little research on the sea dragons, so it's hard to know. We reached out the lab near the sea, and they said the lifespan of sea dragons in aquariums might be much shorter than 20-30 years, which is their normal lifespan, because of the different environments. We were told that the sea dragon is about to die naturally."

"I understand that Blue, or the sea dragon, is around 6 years old. And the lifespan can be that short?"

"Well, I'm not so sure, but I heard there's a unique nutrient salt in the seas of this planet. It's not easy to replicate that in the aquarium. That's why the environments are very different."

"Is there no solution?"

"It seems not. So just be aware of this and let us know if the sea dragon's condition worsens or passes away."

"I see."

After hearing this, I felt complicated. I vaguely noticed that Blue's movements decreased, but I never imagined Blue would die. I knew well that animals in the aquarium die someday, but for some reason, I thought Blue would be the exception. Whether it was because he was a mystic creature I've never seen before or because he looked stronger than any sea creature, I felt the time with Blue would continue.

After finishing my check on the tank, I called out to Blue as usual. Having heard the manager's words, I could clearly see Blue's slow and decreased movements. I felt sorry for not noticing earlier.

"Blue, are you okay these days? You seem not so well."

"I need to go to the sea."

Blue gave me an irrelevant answer, not like usual days.

"The sea? I mean, are you not sick?"

"I need to go back. We all go back to the sea."

I didn't know how to answer, so I just stood still. Then Blue called my name.

"Minwoo Kim."

"Yes?"

"Take me to the sea."

"OK. I will definitely take you.

For some reason I was convinced that I had to send Blue back to the sea. So I answered firmly, impulsively. I wanted to make sure Blue could go back to the sea before it died, even if it required permission from the aquarium.

I went to work earlier than usual to meet the night manager because I remembered that I had to report if the sea dragon's condition worsened. I told the manager about the sea dragon's condition.

"The sea dragon seems to have limited time left. We have to send it back to the sea. Could you deliver the message to the upper personnel?"

"Sure, after all, you were told to inform us first. But how did you know about its condition?"

"I can communicate with the sea dragon. I've been talking to it continuously, and Blue told me it seems like it doesn't have much time left."

"Really? Ah, right. I heard others have tried too, but they failed because the sea dragon recently couldn't communicate well. Everybody has left for today, but I'll inform them first thing tomorrow."

As soon as I arrived at the sea dragon tank that day, Blue already came to the surface.

"Will I be able to go to the sea?"

"Yes, you will be able to. No, I'll make sure you can."

"There's a little time left. Just a little."

I noticed Blue was talking about his remaining time.

"I'll make it happen as soon as possible. I want you to see the sea again."

The next day, I asked someone else to handle my work and went to the aquarium immediately. When the manager saw me, he spoke as if he had been waiting.

"Additional research has come in from the lab. If a sea dragon dies, it is decomposed by sea microbes and becomes nutrients for another sea dragon to be born. We need to send it back to the sea to maintain the marine ecosystem."

"Really? When can we send it back?"

"We don't have a vehicle that can transport both the water and the sea dragon at the moment. We only have aerial cars, but they can't transport water. So we called a truck, but it'll take two days to come."

"Two days? What if it dies before then? It said there's little time left."

"Well, from the aquarium's point of view, all that matters is to send the sea dragon back to the sea, whether it is alive or dead."

I remembered the truck I received for my morning part-time work. It was big enough to transport the sea dragon.

"I've got a truck! I can transport the sea dragon."

"You do? But…"

The manager looked as if he was asking me

why I would do so. I wasn't entirely sure about the reason. 'Then what's the difference between others and me?' The aquarium needs the sea dragon, but the sea dragon doesn't need the aquarium. And all this time, I made money by bringing sea animals that didn't need me. The previous planet I lived in didn't have any laws related to trade of creatures, so I never thought about it. 'Is it right to display creatures for humans and danger this planet's ecosystem?' I wasn't sure if I was qualified to act for Blue after participating in such things. But I had to do it. I promised to send Blue back to the sea. As a friend of Blue, I had to keep the promise.

"Do you know where the tools for moving the sea dragon are?"

"Yes, but you need permission from the aquarium."

"I'm sorry. I don't have much time. I'll take all the responsibilities. It's my arbitrary action."

"The tools are in the utility room next to the rear tank, not the display tank.

I said thank you and ran to the sea dragon tank. I could find a mini tank and a cart to transport the sea dragon next to the rear tank, where the sea dragon rests when the aquarium wasn't under operation. I walked to the sea dragon tank, pulling the cart with the mini tank inside.

"Blue!"

There was no response in the tank. I was scared that it might be too late. The only thing I thought about was to keep the promise with Blue. I called Blue again.

"Blue, are you there?"

A few seconds later, Blue appeared over the

surface. Since Blue's moving speed became slower, it took more than usual for it to reach the surface of the water. I pointed at the mini tank to Blue and said,

"Get in here. Let's go to the sea."

"Can I go to the sea?"

"Yes, luckily it's not too late."

Blue jumped out of its tank into the mini one. I filled the tank with water using a hose and closed the lid, which hadair holes. Then I dragged the tank to the parking lot, loaded it on to my truck, and checked the distance to the nearest sea.

"We can get to the sea in about 30 minutes. Just hold on a bit."

Blue didn't respond, but it was breathing. I drove as fast as possible, hoping Blue could see the sea during our journey. I knew I had to take responsibilities for my unilateral actions concerning Blue when I returned to the aquarium. I might be fired or even fined, but I believed the actions were worth it. I would not easily shake off the guilt if Blue passed away in the tank without ever seeing the sea again. Moreover, knowing that this planet's sea sustains life by using the nutrients of dead creatures to create new life, I was even more determined to return Blue to the sea.

After about 30 minutes of driving, I could see the sea. I parked my truck near the entrance of the sea and dragged the cart with the mini tank towards the sea. Thankfully, Blue was still breathing.

"Blue, look. We're at the sea."

I told Blue, pointing to the sea. Blue turned its head towards the sea and looked at it from the tank.

"We all return to the sea. We all begin in the sea," said Blue.

Finally, we wereright in front of the seawater. I placed the tank at the seawater and opened the lid. Blue jumped into the sea as if it was waiting.

"Minwoo Kim, goodbye. Thank you for taking me to the sea."

"Thank you, too, for being my friend."

I waved goodbye to Blue.

"We never end. The sea lives on."

"What?"

"See you again."

After saying its last words, Blue faded away. It seemed like it dissolved into the sea. There was no sign of Blue where it had been. However, Blue hadn't disappeared; it simply returned to where it came from. Watching the scene, I wanted to go back to where I came from: Earth. I wanted to return to my home that I could never go back again and feel nature on the streets. And I hoped that the nature of this planet, someone else's home, wouldn't disappear.

After that, I quit my job at the aquarium and started working as a low-level employee at a marine ecology research institute. I mainly handled simple tasks, such as organizing research data and cleaning equipment, but I had many opportunities to observe marine creatures. The creature I was most interested in was the sea dragon, of course.

A few years after I started working there, I once carried equipment and accompanied researchers to the sea on a ship. There, I saw sea dragons again. The sea dragons, bearing identification tags attached by the institute, were swimming through the sea. I was glad as if was seeing Blue again.

I remembered Blue's last words. And I realized that when it said 'see you again,' it wasn't just a courtesy; it really meant it. The sea dragons cycle endlessly in the sea. Sea creatures function like organs in a body, which made me feel as if the sea were a living entity. Perhaps Blue was here, I thought. I waved towards the sea as a greeting. It felt as if Blue was somewhere in the sea, responding to my wave.

파란 집

신예성 지음

바닷속에서 그의 시선을 읽을 수 있다. 그의 형체는 수면 어디에도 보이지 않지만 그가 이곳에 있다는 것을 알 수 있다. 나는 바다에서 잊을 수 없는 나의 특별한 친구를 만난다.

나는 베가 18로 이주한 후 새로 생긴 아쿠아리움에 일자리를 구했다. 아쿠아리움은 개장 초기부터 타 행성 사람들의 이목을 끌었다. 거주민 수도 적고 크기도 작은 행성의 아쿠아리움이 단시간에 이름을 날리게 된 이유는 어디서도 볼 수 없던 생물이 있기 때문이었다.

오직 베가 18의 바다에만 서식하는 그 생물을 사람들은 수룡이라고 불렀다. 아쿠아리움의 관광객들은 모두 수룡을 보기 위해 먼 행성에서부터도 방문했다. '바다가 느껴진다,' '수룡의 목소리가 들린다' 하는 후기를 보고 아쿠아리움에 방문하는 사람들도 많았다. 홀로그램으로 이미지를 구현하는 기술이 뛰어나게 발전해 수룡의 실제 모습과 다름없지만, 수룡을 실제로 본 사람들은 홀로그램으로 본 모습은 실물에 비교도 되지 않는다고 말했다.

하지만 나는 몇 년 동안이나 아쿠아리움에서 일하면서도 수룡은 거의 보지 못했다. 내가 수질이나 수족관 청결도 등을 검사하는 야간 관리직이기도 했고, 담당하는 관이 흔한 물고기들로 채워진 공간 때우기 용의 수족관이기도 했기 때문이었다. 그만큼 수족관의 규모도 다른 관에 비해 작고할 일도 없어서 보수도 적긴 하지만 그때는 이것저것 따지고 볼만큼 여유가 되지 않았다.

전에 살던 행성에서는 관상용 물고기와 수족관 관리 용품 가게를 했었다. 하지만 소행성 충돌로 행성 대부분이 파괴되었고, 한순간에 모든 것을 잃어 목숨만은 건지자는 일념으로 황급히 이주해온 곳이 이 행성, 베가 18이었다. 이주했던 당시에는 채용 공고를 모조리 찾아보고 다녔는데, 그때 눈에 띈 게 아쿠아리움 관리 직원 채용 공고였다.

베가 18이 워낙 작고 거주민도 적은지라 처음 공고를 봤을 때는 과연 장사가 잘될지 의문이 들었지만, 그나마 이전 직업의 경험을 살려 할 수 있는 일이라

망설임 없이 지원했다. 아쿠아리움에 입사해 조금의 여유가 생기긴 했지만 새로운 행성에 정착해 살아가는 데에는 생각보다 더 큰 비용이 들었다.

결국 나는 아쿠아리움 야간 관리를 하기 전, 주간에 아르바이트를 시작했는데 그때 가까워진 사람이 앤더슨 씨였다. 앤더슨 씨는 아쿠아리움 야간 관리실장인 동시에 가장 인기가 많은 수룡관을 담당했다. 항상 주간에 일하다가 아쿠아리움에 출근하는 나를 성실하고 열심히 사는 청년으로 보고 행성에 정착하는 데 많은 도움을 주셨다. 내 나이가 앤더슨 씨의 아들 나이와 비슷해 항상 나를 보면 옆 행성에서 일하는 아들이 생각난다며 먹을 것을 챙겨 주시기도 했다.

또, 수룡에 대해서도 자주 이야기해 주셨다. 늘 수룡이 아름다운 생물이라고 하셨고 수룡관 수룡의 이름을 블루라고 지어주었으니 보게 되면 그 이름으로 인사해주라고도 하셨다. 그러면서 직접 수룡과 이야기를 나눈 내용을 기록한 수첩을 보여주시기도 했다. 업무가 끝나면 앤더슨 씨와 함께 간식을 나누어 먹는 것이 일상이 되었을 무렵, 앤더슨 씨는 갑자기 지병이 악화되었다며 일을 쉬기 시작했다. 타지에 유일한 친구나 다름없었던 앤더슨 씨가 사라지고 난 후 나는 상심이 컸다. 앤더슨 씨는 마지막으로 출근했던 날 내게 수첩을 맡겼었다. 나를 수룡관 담당자로 추천했으니 잘 맡아달라는 부탁과 함께였다. 얼마 안 가 나에게 수룡관을 맡지 않겠냐는 제의가 들어왔고, 항상 돈이 부족했던 나는 단칼에 승낙했다.

그렇게 나와 블루의 만남이 시작되었다.

처음으로 수룡관 업무를 시작한 날, 나는 한 손에는 앤더슨 씨의 수첩을, 다른 손에는 관리대장을 들고 수룡관으로 출근했다. 앤더슨 씨가 업무 내용을 수첩에 기록해둔 덕에 어려운 점은 없었지만, 한가지 신경 써야 할 것이 있었다. 수첩에 적힌 앤더슨 씨의 부탁이었다. 수룡과 대화를 나눈 기록 위에 메모가 붙어있었다.

'업무가 끝나면 잠깐이라도 좋으니 블루와 대화를 나누어 주길 바라네. 항상 그래오던 내가 없으면 외로

위할 수도 있으니 말이야. 블루 앞에 서 있으면 블루
가 뭘 말하고 싶은 건지 느껴질걸세. 지금은 이해가
잘 안 되겠지만 해보면 알게 될 테니 걱정 말게. 신기
하게도 우리 말을 알아듣는 것 같더군. 하고 싶은 말
이 있으면 최대한 추상적인 단어를 피해서 말해보게.
나 대신 업무를 맡아줘서 고맙네.'

　수룡의 수조는 이전에 관리하던 수조보다 훨씬 넓어
서 평소보다 업무가 늦게 끝났다. 수족관 관리대장 기
록을 끝낸 후, 습관적으로 수족관을 나서려다 앤더슨
씨의 메모를 떠올렸다. 수룡과 대화한다는 것이 아직
도 잘 믿기지 않았지만 앤더슨 씨의 부탁이었기에 나
는 걸음을 돌려 수족관으로 돌아갔다.

　깊고 넓은 수조의 수면이 보이자 왠지 모르게 긴장이
되었다. 나는 수룡의 이름인 블루를 소리내어 불렀다.
조금 기다리자 수조 아래쪽에서 휴식하던 블루가 수면
으로 나타났다.

　블루를 처음 본 순간, 나는 왜 그렇게 많은 사람이

수룡을 보러 왔는지 깨달았다. 매끄러운 진청색의 비늘로 뒤덮인 긴 몸체가 물속을 천천히 가르며 앞으로 나아갔다. 견고하고 뾰족한 비늘이 모여 곡선의 몸체를 이루는 것이 신기하기도 했고 잘 만들어진 도자기 같기도 했다. 몸체의 앞에 붙은 작고 날카롭게 생긴 머리에는 커다랗고 세로로 긴 동공의 눈이 있었다. 비늘과 눈 때문인지 언뜻 봐서는 파충류처럼 보였지만 물속을 가르는 모습은 새처럼 보이기도 했다. 나는 블루의 눈을 한참이나 바라보며 압도되는 듯한 느낌을 받았다. 마치 물이 몸을 누르는 듯한 압력이 느껴지는 것만 같았다.

 내가 수면 가까이 떠 있는 블루를 보며 가만히 서 있는 동안, 무언가 소리가 들렸다. 목소리라고 하기에는 뚜렷한 발음이 들리지 않았고 행성계의 어느 언어와도 비슷하지 않았지만, 전하고자 하는 의미는 느껴졌다. 앤더슨 씨의 메모에 쓰여 있던 내용이 이걸 말한 것 같았다. 그때 나에게 전해진 의미를 우리말로 표현하면 이렇게 표현할 수 있을 것 같다.

"앤더슨은 어디에 있어?"

나는 최대한 침착하고 명확하게 말하려고 애쓰며 대답했다.

"이제 여기에 못 와. 앤더슨 씨가 나에게 와달라고 부탁했어."

"너는 뭐야?"

나는 어떻게 나를 소개해야 할지 고민했다. 그러다 블루가 앤더슨 씨를 이름으로 지칭했던 것이 떠올라 나도 이름을 말하는 편이 좋을 것 같다고 생각했다.

"내 이름은 김민우야. 앤더슨 씨의 친구이고."

"김민우. 앤더슨의 친구. 나도 앤더슨의 친구야. 그럼 나는 너와도 친구야?"

"그래. 그렇게 생각해도 돼."

블루는 환영 인사를 하듯 자신의 꼬리 쪽으로 머리를 두고 원을 그리며 돌았다.

"앤더슨 씨와는 무슨 이야기를 했어?"

블루가 돌기를 멈추고 내가 물었다.

"많은 이야기. 바다와 집과 친구들 이야기."

그러고 보니 앤더슨 씨에게서 블루가 살던 바다에 관한 이야기를 들었던 것 같기도 했다. 나는 이야기하는 데에 별 소질이 없는 편이라 재미있는 이야기를 매일 해주기라도 해야 하나 고민했는데, 대부분 일상적인 이야기나 블루의 과거 이야기가 주를 이루는 것 같아 듣던 중 다행이었다.

그렇게 블루가 앤더슨 씨와 했던 이야기들을 해주는 걸 듣고 있는데 문득 내일 아침에 새 아르바이트 면접이 있는 것이 떠올랐다.

"내일 아침에 할 일이 있어서 오늘은 일찍 가볼게. 잘 있어."

"안녕. 김민우. 내일 보자."

앤더슨 씨가 가르쳐 주기라도 한 건지 블루는 인간

의 인사말을 흉내 냈다. 새로운 것을 궁금해하고 금방 익히는 모습이 인간의 어린아이와 비슷한 것 같다는 생각이 들었다. 나는 수조를 향해 손을 흔들며 걸어 나갔다. 집에 도착해서는 간단히 면접 준비를 마치고 일찍 잠에 들었다. 블루에게 말했던 대로 아침부터 아르바이트 면접이 있었다.

내가 그 아르바이트에 지원한 이유는 회사 홍보를 위해 제작한 차량을 제공해주기 때문이었다. 집에서 아쿠아리움까지는 거리가 꽤 있어서 항상 지상 버스로 출근했다. 하지만 정부에서 이용료가 비싼 공중택시 사업을 추진하면서 지상 버스 운행이 감축되었고, 그 때문에 출근하기가 몇 배로 불편해졌다. 이런 상황에서 차량으로 출근할 수 있고, 일도 할 수 있다면 큰 이득이었다.

다음 날, 아침 일찍 면접을 본 후 당일에 합격 여부를 고지해준다는 말에 아쿠아리움에 출근해서도 합격 문자를 기다렸다. 수룡관 점검을 끝마친 후, 수룡 수조 앞에서 블루를 불렀다. 그때, 핸드폰이 울렸다. 나는 합격 문자를 확인하고 쾌재를 불렀다.

"좋은 일이 있어?"

"아, 이제 차를 쓸 수 있게 되었거든. 새 일도 하고."

"차?"

블루는 내 말을 잘 이해하지 못했는지 되물었다.

"음…. 먼 거리를 가야 할 때 타는 거야. 걸어가면 힘드니까."

"먼 거리? 여기서 바다는 멀어?"

"바다?"

그 말에 블루가 원래 살아가야 하는 곳은 바다라는 사실이 떠올랐다. 이 수조가 아쿠아리움에서 가장 큰 수조라지만 바다에 비해서는 한없이 좁을 것이다. 그 렇게 생각하니 바다에서 원 없이 헤엄치는 블루의 모 습이 궁금하기도 했다.

"나는 바다에 가야 해."

"맞아… 바다… 바다 사진이라도 보여줄까?"

언젠가 갈 수 있을 거라는 말은 하지 못했다. 블루가 살아서는 다시 바다에 가지 못할 것이라는 사실을 어렴풋이 알고 있었기 때문이었다.

나는 핸드폰으로 바다 이미지를 검색해 홀로그램을 띄웠다. 블루는 한참 동안 바다 이미지를 응시했다.

무슨 생각을 하고 있을까?

나에게는 집 하면 가장 먼저 지구가 떠올랐다. 나는 블루가 내가 지구를 볼 때와 비슷한 마음일 것이라고 생각했다.

나는 지구에 가장 오랫동안 남아있던 사람 중 하나였다. 지구가 점점 황폐화되고 행성 이주 사업이 발전하면서 사람들은 부유한 순으로 지구를 떠났다. 어렸을 때부터 가족이 없었던 나에게는 지구의 자연이 가족이나 다름없었다. 국가 보호시설에서 지내면서 내게 가장 친숙했던 존재는 곤충들과 길가의 풀이었다. 오래 전에는 더 다양한 종류의 생물이 있었다고 한다. 하지만 내가 살아온 지구는 그 모습인 게 당연해서 온통 지구 온난화니 멸망이니 하는 말들이 잘 와닿지 않았다. 결국 지구에 거주한 거의 마지막 세대가 되었지만, 나는 아직도 나에게 가장 친숙했던 지구의 자연이 가장 아름답다고 생각한다. 내가 지구에서 보냈던 일상을 그리워하는 것처럼, 블루도 그렇지 않을까?

블루에게 무슨 생각을 하냐고 물어보기에는 대답을 들을 자신이 없었다. 나는 블루를 다시 바다에 보내줄 수 없었고, 그래서 마치 내가 블루를 가둬 놓은 것 같은 죄책감이 느껴졌다. 어느덧 시간이 늦어져 막차 시간이 다 되어 블루에게 작별 인사를 했다. 블루는 어딘가 침착한 모습으로 마주 인사했다.

며칠 뒤, 수룡관에 무언가 변화가 생겼다. 수조 바닥에 새로운 붉은색 산호가 늘어서 있었다. 여태껏 수룡관에 있던 산호와는 색도 모양도 달랐다. 점검을 마치고 블루에게 새로운 산호에 관해 물었다.

"블루, 저기 빨간색 산호 본 적 있어?"

"아니."

당연히 블루가 살던 곳에 있던 산호일 줄 알았는데 본 적이 없다니 의외였다. 얼마 전부터 수조의 산호가 많이 죽은 것 같아 새로운 산호가 보충되어야겠다는 생각은 나도 하고 있었다. 하지만 왜 블루가 살던 곳의 산호가 아닌 처음 보는 산호를 둔 건지 의아해졌다.

집으로 돌아온 후, 나는 수조에 생긴 빨간 산호에 대해 검색해봤다. 그 산호는 베가 18의 남쪽 바다에 서식하는 종이었다. 수룡이 가장 많이 서식하는 곳은 북쪽 바다로, 블루도 북쪽 바다에 살았었다면 그 산호를 보지 못했던 게 일리가 있었다. 산호에 대해 더 검색해보던 중, 한 문장이 눈길을 끌었다.

'현재 베가 18의 바다에 가장 많이 남아있는 산호 종이며, 이 산호를 포함한 남쪽 바다의 산호가 아닌 북쪽 바다의 산호 대부분은 관광도시 개발로 인해 거의 찾아볼 수 없다.'

북쪽 바다의 해안가 근처에는 아쿠아리움도 있었다.

아쿠아리움을 찾는 관광객으로부터 관광이익을 더 얻기 위해 관광도시를 건설을 추진한다는 계획은 뉴스에서 들은 적이 있었다. 뉴스를 보고 잘된 일이라며 좋아했었는데, 그로 인해 바다 환경에 피해가 갈 것은 생각하지 못했다.

그럼 블루는 바다로 돌아간다고 하더라도 이전 같은 바다를 볼 수 없는 걸까? 그렇게 생각하니 복잡한 마음이 들었다. 블루가 나와 비슷하다고 느껴졌다. 지구로 돌아가더라도 예전의 지구를 볼 수 없는 나처럼, 블루도 집을 잃어버렸다. 이 행성이, 블루의 집이 더는 망가지지 않았으면 했다.

이후에 나는 평소처럼 낮에는 새로 시작한 아르바이트를 하고, 저녁에는 아쿠아리움 일을 하면서 일상을 반복했다. 일이 끝난 후 블루와 함께 이야기하는 것도 익숙해졌다. 이제는 정말 블루와 친구라고 할 수 있을 정도로 많이 가까워졌다.

그 날은 평소처럼 수족관 점검을 하려다 아쿠아리움

에서 전달사항이 있다는 말에 야간 관리실장을 만나러 갔다.

"민우 씨, 수룡관 담당하시죠? 아쿠아리움에서 수룡관 관리자들한테 공통적으로 전달하라는 사항이 있어서요."

"아, 네. 근데 저는 단순 점검만 해서요. 무슨 일인가요?"

"수룡 상태가 많이 안 좋아졌다고 해요. 최근 들어 움직임도 적어지고 식사량도 줄었다는데, 오늘은 아예 낮에 전시 수조로 나오질 않았다고 해서요. 다른 분들께서 이상이 있는지 알아보려고 했는데 수룡은 데이터가 너무 부족해서 현재로서는 알 수가 없다나 봐요. 바다 근처에 있는 연구소에 문의했는데 연구소에서는 바다와 수족관의 환경이 달라서 원래 수룡의 수명인 2~30년보다 많이 줄어든 것 같다는 답변만 왔대요. 그냥 수명이 다 돼서 자연사할 때가 된 거라고 하더라고요."

"지금 블루, 아니 수룡은 예상 나이가 6년 정도 된 걸로 알고 있는데요, 그만큼이나 줄 수가 있다고요?"

"아, 그게. 저도 자세히 알지는 못하는데요, 듣기로는 이 행성의 바다에만 존재하는 영양염류가 있는데, 그걸 다 구현하기가 쉽지 않다고…. 그래서 수족관 환경과 바다가 많이 다르다고 하네요."

"그럼 아예 방법이 없는 건가요?"

"네, 그래서 아쿠아리움에서도 관리자분들께서 그냥 알아 두기만 하시고 상태가 많이 안 좋아지거나 폐사하게 되면 알려달라고 그러시네요."

"네. 알겠습니다."

나는 아쿠아리움의 전달사항을 듣고 매우 착잡해졌다. 블루의 움직임이 적어진 건 어렴풋이 알고 있었다. 하지만 블루가 죽게 될 거라고는 상상조차 해본 적이 없었다. 수족관에 사는 동물들은 언젠가 죽어서 수족관을 떠난다는 것은 너무나도 잘 알고 있었지만, 블루는 왜 인지 그러지 않을 것 같았다. 처음 보는 신비로운 생물이라서 그런 건지, 바닷속의 어떤 생물보다도 강해 보이는 생김새 때문에 그런 건지는 잘 모르겠지만 블루와 함께하는 시간은 계속 이어질 것만 같았다.

수족관 점검을 마치고 여느 때처럼 블루를 불렀다. 관리실장의 말을 듣고 나니 블루의 움직임이 줄고 속도가 느려진 게 확연히 보였다. 먼저 알아채지 못했다는 생각에 미안한 마음이 들었다.

"블루, 요즘 괜찮아? 어디 안 좋은 것 같아서."

"바다에 가야 해."

블루는 평소와 다르게 내 질문에 동문서답을 했다.

"바다? 것보다 정말로 아픈 곳은 없어?"

"나는 돌아가야 해. 우리는 모두 바다로 돌아가."

나는 어떻게 대답해야 할지 몰라 가만히 서 있었다. 그러다 블루가 내 이름을 불렀다.

"김민우."

"응?"

"나를 바다에 데려다줘."

"그래. 꼭 데려다줄게."

이유는 알 수 없지만 블루를 바다로 돌려보내 줘야 한다는 확신이 들었다. 그래서 얼떨결에 확답을 해버렸다. 어떻게든 아쿠아리움의 허가를 받아서라도 블루가 죽기 전에 바다에 갈 수 있게 하고 싶었다.

다음 날, 관리실장을 만나기 위해 평소 출근 시간보다 일찍 출근했다. 이전에 수룡의 상태가 많이 악화되거나 하면 보고해달라는 말이 떠올랐기 때문이었다. 나는 관리실장에게 수룡의 상태를 알렸다.

"수룡의 수명이 얼마 남지 않은 것 같아요. 바다로 돌려보내야 해요. 상부에 전달해주실 수 있나요?"

"네, 애초에 그쪽에서 먼저 알려달라고 했으니까요. 그런데 상태를 어떻게 알아내셨어요?"

"제가 수룡과 소통할 수 있거든요. 다른 분들도 말이

통한다는 건 다 알고 계시겠지만 저는 계속 소통을 해와서요. 수룡이 하는 말을 들어보니까 살날이 얼마 안남았다고 해요."

"정말요? 아… 맞아요. 다른 관리자분들도 많이들 시도해봤다고 하던데, 최근 들어 말도 잘 안 통해서 실패했다고 하더라고요. 오늘은 다들 퇴근하셔서, 내일 최대한 빨리 전달해 드릴게요."

그날 수룡관으로 가자마자 블루가 수면으로 나와 있었다.

"바다에 갈 수 있어?"

"응. 갈 수 있을 거야. 아니, 갈 수 있게 할게."

"시간이 조금 남았어. 아주 조금."

나는 블루가 자신이 살 날을 말하는 것임을 알아챘다.

"최대한 빨리 갈 수 있게 할게. 나는 네가 다시 바다를 볼 수 있으면 좋겠어."

다음 날, 오전 아르바이트를 다른 사람에게 맡기고 최대한 일찍 아쿠아리움으로 갔다. 관리실장이 나를 보자마자 기다렸다는 듯 말했다.

"연구소에서도 추가 연구 결과가 나왔대요. 수룡이 죽으면 바다의 미생물들에 의해서 분해되고 다른 수룡이 생겨나기 위한 양분으로 쓰인대요. 바다 생태계를 유지하기 위해서라도 꼭 수룡을 바다에 보내야 한다네요."

"정말요? 그럼 언제쯤 바다로 보낼 수 있는 거래요?"

"지금 당장은 아쿠아리움에 물과 수룡을 함께 운반할 만한 크기의 차량이 없대요. 전부 공중 차량뿐인데 물을 운반할 수가 없다고 그러더라고요. 그래서 트럭을 부르긴 했는데…. 이틀은 걸린대요."

"이틀이요? 그 전에 폐사하게 되면요? 시간이 얼마 남지 않았다고 했는데…."

"뭐, 아쿠아리움 입장에서는 죽든 살든 바다로 보내기만 하면 그만이니까요."

나는 오전 아르바이트 때문에 받은 차량을 떠올렸다. 차는 수룡을 운반할만한 크기의 트럭이었고, 회사명으로 도배가 되어있었다.

"저한테 트럭이 있어요! 제가 옮길 수 있어요."

"네? 하지만…."

관리실장은 나에게 왜 그렇게까지 하냐고 묻는 듯했다. 나도 이유를 확실히 알지 못했다.

'나라고 다를 게 뭐지?'

아쿠아리움은 수룡을 필요로 하지만 수룡은 그렇지 않다. 그리고 나는 여태껏 나를 필요로 하지 않는 물고기들을 데려와 돈을 벌었다. 이전에 살던 행성은 생물 거래에 대한 법안이 제대로 마련되어 있지 않아 한 번도 그런 생각을 해본 적이 없었다. 인간을 위해 생물을 전시하고, 이 행성의 생태계까지 흔드는 일이 옳은 일일까? 나는 그런 일에 가담해왔으면서 블루를 위한 일을 할 자격이 있는 것일지 알 수 없었다.

하지만 내가 해야만 하는 일이었다. 블루를 바다로 보내주기로 약속했다. 블루의 친구로서, 약속을 지켜야만 했다.

"수룡을 옮길 장비가 어디에 있는지 아세요?"

"네, 그치만 아쿠아리움에서 승인을 받아야…."

"죄송합니다. 지금 시간이 별로 없어서요. 모든 책임은 제가 지겠습니다. 전부 제 독단적인 행동이니까요."

"네…. 그럼. 수룡 전시 수조 말고 뒤쪽 수조 옆에 비품실 있잖아요. 장비는 거기에 있어요."

나는 감사 인사를 하고 바로 수룡관으로 달려갔다. 수룡이 아쿠아리움 운영시간이 아닐 때 휴식하는 뒤쪽 수조에 딸린 비품실에 가니 정말로 수룡을 옮길 수 있는 간이수조와 수레가 있었다. 간이수조를 수레에 싣고 수룡관 수조 앞으로 갔다.

"블루!"

수조에는 아무 반응이 없었다. 혹시 너무 늦은 건지

무서워졌다. 블루와의 약속을 지켜야 한다는 생각만이 들었다. 나는 재차 블루를 불렀다.

"블루, 거기 있어?"

몇 초 뒤, 블루가 수면 위로 모습을 드러냈다. 블루가 움직이는 속도가 느려진 탓에 수면까지 올라오는 시간이 평소보다 오래 걸렸던 것 같았다. 나는 간이수조에 손짓하며 블루에게 말했다.

"여기에 들어가. 바다에 가자."

"바다에 갈 수 있어?"

"응, 너무 늦지 않아서 다행이야."

블루는 수조에서 뛰어올라 간이수조 안으로 들어갔다. 나는 간이수조에 호스로 물을 채우고 숨구멍이 뚫린 뚜껑을 닫았다. 그리고 간이수조를 주차장까지 끌고 가 트럭에 실은 후, 가장 가까운 바다까지의 거리를 검색해보았다.

"바다까지는 30분 정도면 갈 수 있어. 조금만 기다려."

블루는 대답하지 않았지만 숨을 쉬고 있었다. 블루가 바다를 볼 수 있도록 바다까지 가는 시간 동안 나는 최대한 빠르게 차를 운전했다.

아쿠아리움으로 돌아가면 블루를 데리고 독단 행동을 한 것에 대해 책임을 져야 했다. 해고는 물론 배상금까지 물어야 할 수도 있었지만, 그런 것들을 감수하더라도 해야 할 일이었다. 블루가 다시는 바다를 보지 못하고 유리관 안에서 삶을 마감한다면 나는 블루를 가둬 놓았다는 죄책감을 쉽사리 떨쳐낼 수 없을 것 같았다. 게다가 이 행성의 바다가 죽은 생물을 양분 삼아 또 다른 생물을 태어나게 하는 식으로 유지된다는 것을 알고 나서는 더욱 블루를 바다로 보내야 한다는 생각이 확고해졌다.

30분가량을 달리니 해변이 보이기 시작했다. 해변 초입에 차를 주차하고 간이수조를 실은 수레를 끌고 바다로 향했다. 블루는 다행히 아직 숨을 쉬고 있었다.

"블루, 저기 봐. 바다에 왔어."

바닷가를 가리키며 블루에게 말했다. 블루는 수조 안에서 바다 쪽으로 머리를 돌려 바라봤다.

"우리는 모두 바다로 돌아가. 우리는 모두 바다에서 시작해." 블루가 말했다.

마침내 바닷물이 바로 발 앞에 있었다. 나는 물가에 수조를 내려놓고 뚜껑을 열었다.

블루가 기다렸다는 듯 바다로 뛰어들었다.

"김민우, 안녕. 나를 바다에 데려다줘서 고마워."

"나도. 친구가 되어줘서 고마워."

나는 블루에게 손을 흔들어 인사했다.

"우리는 끝나지 않아. 바다는 계속해서 살아."

"응?"

"또 보자."

블루는 그 말을 마지막으로 사라지기 시작했다. 바닷속으로 녹아들어 가는 것처럼 분해되어갔다. 블루가 있던 자리에는 마치 처음부터 아무것도 없었던 것처럼 흔적도 남지 않았다. 하지만 블루는 사라진 게 아니었다. 블루는 단지 왔던 곳으로 돌아갔을 뿐이었다.

그 모습을 보고 있으니 나도 내가 왔던 곳, 지구로 돌아가고 싶었다. 다시는 돌아갈 수 없는 나의 집으로 돌아가 길가의 자연을 다시 느끼고 싶었다. 그리고 누군가의 집일 이 행성의 자연만은 사라지지 않았으면 했다.

나는 이후 아쿠아리움 일을 그만두고 해양 생태연구소의 잡일을 처리하는 말단 직원으로 입사했다. 연구소에서 연구자료, 장비 정리나 청소 같은 간단한 일만 주로 했지만 해양 생물을 볼 기회는 많았다. 내가 가장 관심을 가진 생물은 역시 수룡이었다.

일한 지 몇 년쯤 되었을 때, 장비를 들고 연구진들과 함께 배를 타고 바다에 나간 적이 있었다. 그곳에서 수룡을 다시 보게 되었다. 연구소에서 부착한 인식표를 단 수룡들이 바다를 가르며 헤엄치고 있었다. 블루를 다시 보게 된 것처럼 반가웠다. 나는 블루가 내게 남겼던 마지막 말을 떠올렸다. 그리고 또 보자던 말이 인사치레가 아니라 진심으로 했던 말이라는 것을 깨달았다.

수룡들은 바다에서 끊임없이 순환한다. 마치 바다가 하나의 생명체처럼 느껴질 만큼 바다의 생물들은 인체의 기관처럼 각자의 역할을 수행한다. 어쩌면 블루는 지금 이곳에 있는 게 아닐까 하는 생각이 들었다. 나는 바다를 향해 손을 흔들어 인사했다. 블루가 어딘가에서 내 인사에 화답하는 것만 같았다.

Home of Blue (파란 집)

초판 1쇄 발행 2023년 11월 1일

지은이_ Yeseong Shin (신예성)
펴낸이_ 김동명
펴낸곳_ 도서출판 창조와 지식
디자인_ Ludia Lee
인쇄처_ (주)북모아

출판등록번호_ 제2018-000027호
주소_ 서울특별시 강북구 덕릉로 144
전화_ 1644-1814
팩스_ 02-2275-8577

ISBN 979-11-6003-643-5

정가 13,000원

지식의 가치를 창조하는 도서출판
www.mybookmake.com